KB117539

사랑의 솜씨

2021

이 광 호 0 6

2019

\

2021

사랑 앞에 서면 결점이 너무 많아, 무엇을 쓰기에 부끄러
운 날이 많았습니다. 그럼에도 자꾸만 사랑의 시(詩)는
남았습니다.

2021년 7월.

이광호.

Serenade

근거

Minuet

방법

Gospel

Serenade

Serenade 1

나의 기쁨을 모두 가진 채
내게 슬픔을 주는 그대
한 점 두려움 없이 그댈 향해 걸을 때
나 걸음마다 사랑을 알았네

Serenade 2

네가 내 눈을 봤다
나도 네 눈을 보고 있었다는 말이다

너는 눈으로 내게 들어왔다
그 후로 너는 내 안에서 흐르고 있다

나도 네게 들어갔을 확률이 높다
그 생각만 하면 내 안의 너는 뛴다

어쩌면 나 같은 건 휘발됐을지 모른다고 생각한다
만약, 아직 내가 네게 남아있다면
나를 더 넣거나, 나를 더 쌓거나, 나를 더 섞어서
네 안에 머물게 하고 싶다

모아뒀던 나를 꺼낸다
나는 몇몇 멋있는 나를 알고 있다
엄선한 나를 창문에 걸어둔다

아직 네 안에 남아있는 내가
저거 나야
난리 치는 탓에
네가 볼지도 모르겠다

얼마나 더 유치해야
이깟 사랑 시에서 벗어날 수 있을까 생각한다
얼마나 더 진부해야

사랑에 이름 붙이는 일을 그만둘 수 있을까 생각한다
뻔하고, 지겹고, 허무한

그런데도 사랑은 자꾸만
명랑하게 내 안에서 흐르고 있다

나는 노인이 될 수 없을성싶다

Serenade 3

안녕, 할 말이 너무 많아서 무슨 말을 해야 할지 모르겠다

이젠 대번에 말 못 하고 더듬으며 세어야지 우리가 함께한 시간을 알 수 있는 것 같아

지금 와서 생각해 보면 너와 처음 만난 날의 내 운세가 뭐였을지 궁금해
내 모든 인생을 바꿔 준 사람을 만난 날이니까

언젠가 너를 나의 행복이라 여기고, 행복이라 부르던 시절이 있었어
앙증맞긴 하지만, 그땐, 왜 그렇게만 생각했을까 생각을 해

어쩌면 너를 행복으로밖에 생각 못 해서 너를 많이 아프게 만든 건 아닐까, 하고 말야

너는 나의 행복이지만, 슬픔이기도 했고 아픔이기도 했으며 다시 즐거움이기도 했다가 서러움이기도 했어

보통 그것들을 하나의 삶이라고 말하지

모르겠어, 처음부터 네가 내 인생이었는지 아니면 되어 버린 건지

하지만 중요한 건, 그 많은 계절을 넘고 뒤척이며 겪어
내고도 우리는 여전히 나란히 앉아 있다는 것, 또 내일
도 함께이길 바란다는 거야

 사는 게 그렇다고 하잖아
 힘들지만 그럼에도 살고, 그러므로 즐거운 것
 내가 그래, 너에게만큼은

 너는 나의 인생이야

 이 말은 너를 살아가겠다는 말이야
 또, 내 남은 시간을 잘 부탁한다는 말이야

 영원히 너라는 세상에서 울고 웃고 아프고 활기차고 그
렇게 살다가 잠들고 싶어

 내 삶은 너랑 함께였다고 그랬다고 하고 싶어
 그거면 충분할 것 같아

Serenade 4

그대는 나의 추측
확신이라고 선언하고 싶지만
내가 할 수 있는 일이 아님을 알아요

이 익숙한 허공에 불쑥 그대가 돋아나는 날은
결코 어제와 같은 날이 아니에요
보다 더 그대를 생각하는 날이니까요

그대는 나의 결정
증발한 시간들이 남긴 투명한 유리알
그렇게 상정하는 것만이 내가 할 수 있는 일이에요

사랑은 믿음은 운명은
우글거리는 숫자들을 초월하고
그대는 나를 순도 높은 목마에 올려
나는 대단한 무엇이 되는 것 같아요

그대가 더 생각나는 날은
부러 외로운 구멍으로 들어가 노래를 불러요
외로워서 그런 건 아니에요

미안하다는 인사는 과거에게
감사하다는 인사는 미래에게 주세요
저는 저는 그저 좋아해 주세요

그대는 내 유일한 확신이 될 거예요

Serenade 5

지겨운 술래 없는 숨바꼭질
사랑의 저주거나, 사랑의 조건

술래 없는 숨바꼭질은 항상
혼자는 너무 외로워 훌쩍이면서
나 홀로 집으로 갈 때 끝이 나지

하지만 종종 집까지 숨바꼭질이 이어질 때 있어
술래가 없어서 가능한 일이지

대신 집에선 외롭다고 훌쩍이지 않아
찾아주는 술래 없어서 서러움에 콱 울어버리지
없었던 술래에 배신 느끼고 엉엉 울어버리지

왜 우냐고 물어보면
왜 너는 술래가 아니냐고 끌어안아버리지

Serenade 6

정원에 심어 놓은 매화나무에서 꽃이 피면
너는 어디선가 간이 의자 두 개를 꺼내 와
나는 기쁘게 원두를 내려 네 옆에 나란히 앉고
음악 같은 햇볕을 느끼며 우리는 미래를 수집해
해가 머리 위로 올라서면
우리는 서로의 자리를 정리하고
각자의 일을 찾아 세계를 건너
문 쪽으로 준비된 책상에 앉은 난
활짝 문을 열어 둬
언제든 너의 기웃거림을 위해서
그러다 해가 등을 쓸어 내리면
나는 너의 세계를 노크해
배고프지 않냐고
우리는 손을 잡고 동네를 걸어
곧 있으면 꽃도 피겠다 여기는 뭐 하는 가게일까 저 집
은 창문이 참 예뻐하면서
마트에 도착한 나는 장바구니에 냉이를 담고
영악한 내 속셈에 너는 폭죽같이 웃어
노래 서너 곡을 흥얼거리며 집에 도착한 우리는
함께 저녁상을 차리고 오늘을 기념하는 건배를 해

창밖으로 빗소리가 아주 작은 파도들처럼 들리면
바스락거리는 하얀 이불을 헤엄쳐 네 쪽으로 수영을 해
너는 잠에서 발버둥 치며 나를 밀어내고
버둥대는 몸짓이 귀여워 와락 끌어안으면
기어코 나는 달가운 혼쭐이 나

나는 잠에서 덜 깬 방문을 조심히 열어내고
나 홀로 문 너머 세계에서 긴 음악을 틀어
집안의 정물들은 생명을 얻고
창밖을 부러워하는 식물들에겐
손바닥만 한 비를 내려
네 피아노의 먼지를 닦아낼 즈음이면
너는 눈을 비비며 내 품에 들어와
우리는 서로의 품에서 오늘을 고민하고
너는 프라이팬을 나는 청소기를 들어
긴 음악이 끝나면 네가 만든 부침개에
나는 작은 맥주 캔을 나란히 두고
불을 끌 필요도 없는 오후에
오래된 영화를 틀고 소파에 나란히 앉아
둘만의 오늘을 흘려보내기로 해

창문에 걸어 둔 노을에서 풀벌레 소리가 나면
구절초를 좋아하는 네가 생각나
구절초 밑동을 비스듬히 잘라 화병에 꽂으면
너는 우리가 좋아하는 사람들을 모두 초대하자 해
나는 즐거운 몸짓으로 집안의 의자들을 한데 모으고
정원에서 허브를 따던 너는 내게 속보를 전해
오래 기다려왔던 와인을 가지러 와인 가게로 향하면
와인병엔 이미 오늘 밤의 웃음소리 들어있어
현관을 열기도 전 밥 짓는 소리가 손님들처럼 북적이고
너는 어느새 스탠바이 앞둔 피디의 사투리를 써
중간 설거지하는 나의 그릇 소리와

요리하는 너의 도마 소리가 시합을 하다가
곧 있으면 도착한다는 손님들 소식에
우리는 식탁에 냅킨과 꽃을 두고
잘 빨아 두었던 손님의 시간을 현관에 걸어 준비를 해

하얀 눈이 머리 위에 내려앉으면
함께 앉을 수 있는 그네에 나란히 앉아
맞아 맞아 맞장구치면서
힘들고 즐거웠던 이야기를 들어
고향 같은 바람을 쐬다가
쌀쌀하다는 너의 말에
거실로 들어가 난로를 켜고
네 언발을 손으로 주무르면서
우리가 수집했던 과거를 펼쳐
한참을 웃고 떠들고
차가웠던 몸이 데워지면
서로의 손을 잡고 어깨에 기댄 채
수집했던 과거를 덮고 잠이 드는

이 이야기 어때

근거

근거 1

우리의 시간을 자꾸 꺼내 보는 건
지키고 싶다는 말이에요
당신의 웃음과 나의 기쁨을

나는 정말 지금으로 충분해서
지금을 지키고 싶어요
당신으로 충분하다는 말이에요

근거 2

어떤 모습에도 난
예쁘다고 말할 수밖에

네 눈은 처음 만났던
설렘의 그 순간이니까
네 코는 우리 웃고 장난치던
오후의 시간이니까
네 입술은 나를 남자로 만들어준
밤의 모양이니까

언제가 와도 난
예쁘다고 말할 수밖에

과거는 변할 수 없는 것
아름다운 과거는
불변의 아름다움

너는 내 모든 순간의 현상

영원한 아름다움

근거 3

하얗고 빛나고 맑은 무엇들과
소음처럼 탁한 무엇들
허공은 항상 쉬지 않고 번잡해

그 모든 시작은 고작
하나의 분자에 근거한다는데

그 하나 없다면
허공엔 아무 일도 일어나지 않아

아무 일이 일어나지 않는 날들은
살아 있지 않다는 확인의 날

오래된 여관 같은 내 외로움도
바닥으로 녹아내리는 노여움도
어떤 일이든 일어나고 있다는 것은
살아있음의 증거

크기나 강도가 클수록
온몸으로 살고 있다는 뜨거운 근거

근거 4

끝에 오면 생각나는 얼굴이 있어
무엇이든 완성시켜주는 얼굴
끝은 완성에 가까운 곳이니까

그 얼굴 생각하면
이곳은 끝이 아닌 것만 같아
나는 얼굴 쪽으로 길을 휘어버려

끝에 서면 생각나는 얼굴이 있어
끝을 제일 많이 약속한 얼굴
끝은 확실해서 약속하기 좋은 곳이니까

그 얼굴 떠올리면
여기에 나란히 누워
결혼식을 하고 싶어

끝이라는 말 뒤에 생각나는 얼굴이 있어
끝이라는 말 뒤에도 존재하는 유일한 얼굴

사실 끝은 없어

근거 5

우리가 손을 잡을 수 있음에

분명한 건

누군가 방향을 틀었다는 것

그리고 그 사실을 몰라야 한다는 것

근거 6

피어 있는 꽃은
바라볼 때 피어있고
아름다운 사랑은
바라볼 때 아름답다

당신의 옆에서

Minuet

Minuet

버스 정류장

웃음소리

우연

쪽지

혈액형

기다림

밤공기

떡볶이

약봉지

우산   살넘새

이어폰

꽃말

기대

침대

바다

삼각대

생일 노래

캔맥주

오해

자존심

구두

자장가

재회

(   )

방법

방법 1

모를 때마다
빈칸에 너를 넣었다

방법 2

현관의 지난 걸음들

그 어느 날의 맹세들처럼
미래대로 수납한다

두 켤레만 오늘처럼 남겨놓고
약속대로 나란히

방법 3

잊지 말아야 하는 건
온 시간 그를 위해야 한다는 것
어떻게 하면 그가 웃을지 고민하는 것

먼저 편지가 필요하다, 아주 중요하다
편지는 그러므로 그에게 하고 싶은 이야기
다른 것들은 편지를 잘 전달하기 위한 도움닫기들
편지는 가능한 마음속에 있는 말들을 쓰면 된다
쑥스러움, 미안함, 고마움, 기쁨, 다짐, 약속 같은 것들
편지의 맺음은 그래서 그에게 하고 싶은 말을 쓰면 된다

다음은 꽃을 사면 된다
꽃말이 어울리는 꽃도 중요하지만, 그가 좋아하는 꽃을
사는 게 더 도움 된다
만약 그가 좋아하는 꽃을 모른다면, 그가 자주 입는 옷
의 색과 같은 계열 색의 꽃을 사면 된다
꽃말은 새롭게 정하면 그만이다
둘만의 비밀 언어는 이렇게 태어난다
사랑은 유치할수록 재미있다

그리고 선물을 산다
싸거나 비싸거나 흔하거나 귀하거나 하는 선물은 정말
다 닳은 말처럼 중요하지 않다
산타가 일 년 동안 우리를 지켜보는 이유다
그가 원하는 것이면 된다

꽃이든 선물이든 값에 대해 생각하지 않는다
사실 우리 삶에 놓여진 모든 것은 우리 기분을 위한 것
큰 집, 화려한 차, 맛있는 음식, 비싼 옷, 음악, 미술, 모
든 것들
무엇으로 어떻게 기분이 좋은지는 중요하지 않다
얼마나 자주 기분이 좋은지가 그가 말하는 행복에 가깝다

이제 이것들을 어디서, 어떻게 줄 것인지 생각하면 된다

잊지 말아야 하는 건
온 시간 그를 위해야 한다는 것
어떻게 하면 그가 웃을지 고민하는 것

사실 장소는 어디든 상관없다
그가 좋아하는 식당에서 은은하게도 마음이 동하고
둘만의 중요한 사건에 연루된 공간도 역사적이다

다만 꽃은 숨길 수 없기에 만남과 동시에 놀래켜 주는
것이 순조롭고
선물과 편지는 되도록 꼭꼭 숨겼다가 주는 것이 더 감
동적일 것이다
특히 편지의 경우에는 목소리로 읽어 주는 것이 더 기
억된다

모든 것을 주고 난 뒤, 그의 물음에는 성실하되 촐랑거
리지 않는 태도가 중요하고

지금의 일이 그를 위해 내가 할 수 있는 유일한 일임을
기억해 부끄러움을 알아야 하며
어떤 상황에도 생색은 내지 말아야 한다

만약 이 모든 방법에 신뢰가 가지 않는다면
그의 방법을 떠 올리면 된다
그가 당신을 대했던 방법을 그대로 하면 된다
그는 그것이 사랑인 줄 아는 사람이다

잊지 말아야 하는 건
온 시간 그를 위해야 한다는 것
어떻게 하면 그가 웃을지 고민하는 것

방법 4

기차에서 내려
가장 먼저 한 일은 고향을 잊는 일이었다

알아야 할 것만 있어서 즐거운
모를수록 더 무방비하게 맞을 수 있는
모르는 고장

얼마나 됐을지도 모르는 거리를 걷는다
돌벽에는 관광객들의 이름이 적혀있다
그 위에 이름을 적는다

고장을 흐르는 강 옆에 앉아 말을 건다

너를 행복하게 해줄 순 없어
하지만 나는 너로 행복할 수 있어

어디가 끝인지도 모르는 거리를 걷는다
열려있는 기념품 가게에는 거울만 가득하다
기념품 가게를 나와 거리의 이름을 외운다

고장을 감싸는 밤을 대고 편지를 쓴다

가을이 오면
지난여름 이야기 말고
가을 이야기를 들려줄게

생각해보니
기차에서 내려
가장 먼저 한 일은
모르는 이곳에 발을 디딘 일이었다

방법 5

너의 변덕을 집에서 쫓아내자
아끼던 발랄함과 귀여움도 사라졌다

나는 황급히 발랄함과 귀여움을 잡았지만
그들은 변덕으로부터 태어난 자식들이라고 했다

혼란스러웠다
내가 사랑한 것이 무엇인지 기억나질 않았다

집안의 너의 것들이 공중에서 흩어지기 시작했다
아끼는 것들을 끌어안은 채 문을 닫았다
너의 집착이나 게으름, 편견 같은 것들이 나간 뒤였다
내가 끌어안은 너의 열정이나 사랑스러움, 기발함 같은
것들도 사라지기 시작했다

집에는 낯선 사람만 남아있었다
너를 찾아야 했다

가장 먼저 너의 변덕을 집에 들이는 일부터 시작했다

방법 6

믿으면 천국 간다는 말을 동의해
그러니까 믿음이 천국의 시작인 거야
천국이 있는지 없는지 어떻게 아냐고 물어
벌써 의심하고 있는 거지
믿음의 반대가 의심이라면
의심은 천국으로부터 가장 멀어지는 방법일 거야
믿음은 맹목적일수록 좋아
믿어
믿어야지 도달하는 세계
천국인 거야

Gospel

Gospel 1

우리는 종종
서로의 혀를 잡고 싶어 한다
혀를 잡으려면
잡고 있던 손을 놔야 한다는 사실을 잊은 채

Gospel 2

우리는
우리를 가두는 벌이라고
억울함에 딱딱하게 뻗대봐도

아침이 빛으로 우리를 칠하면
우리는 아름다운 회화가 돼

이토록 아름다운 순간 앞에서
뻗대던 나의 지난밤이 때처럼 부끄러워

우리는 더 없는 완벽한 벌
가장 아름다운 교화의 공간

Gospel 3

무너져버린 폐허에서
쓸만한 것들 고르고
잔해들은 버렸다

쓸만한 것들 가득 안고
자리에서 벗어나
멀리 버려진 잔해를 봤다

빛나고 있었다

Gospel 4

과거를 이어 너를 그린다
과거가 그린 너를 칠한다
그림이 선명해질수록
너는 사라져 가고
그림만 남는다

Gospel 5

그 시절 우린 항상 시간이 부족했다
시간을 갖기 위해선
무엇이든 아낌없이 지불해야 했다

마침내 우리에게
남는 것이 시간뿐이 되었을 때
우리는 남는 시간을 써내느라
더 큰 값을 치러야 했다

가득 찬 시간에 잠식되어버리지 않기 위해서

Gospel 6

모든 것을 부숴버리는 파도 앞에 선다
모든 것이 젖어 녹아내려도 괜찮다
시시한 백사장의 것들과 견줄 수 없는
영혼까지 요동치는 순간
모든 것을 초월한 이 순수한 마음
귀한 사랑이다

그럼에도
시시한 백사장에서
모든 것으로부터 단 하나만을 지켜내기 위해
영혼까지 흥정하며 지키는 시간
모든 것을 견뎌내는 마음이 있다
더 귀한 사랑이다

사랑은 지킬수록 귀해지고
사랑은 지켜졌기에 아름답다

Untitled

Untitled 1

나 홀로 오랫동안 닦은 무대 위에

모래 묻은 신발을 신고
네가 올라왔다

Untitled 2

이별은 만남을 근거해서 나는 이별을 기억해

너의 얇은 입술이 들썩거릴 때마다 튀어나올 단어들이
나를 찌를까 봐 잔뜩 움츠린 채로 어떤 순간이 됐든 너
와 함께 있음에 의미를 두면서 끝내 언어가 되지 못한
네 침묵이 만든 시간의 골로 나는 미끄러져 버리고 낯설
고 무서운 그곳에서 기껏 한다는 구조요청이 나를 그곳
에 빠뜨린 네 이름을 목놓아 부르는 것뿐인데 너는 이미
얼굴을 닫고 씩씩하게 등으로 변해버린 헤어지던 날의
그 밤을 기억해

모든 만남에는 이별이 있다고 김 다 빠진 말로 이별을
당기고 당긴 만큼 나는 건너편의 세계에서 자비 없이 끌
려와 살점이 다 뜯겨나가는 아픔을 참고 네 어깨를 당
겨냈을 때 아직 손을 뻗으면 네게 닿는다는 현실이 지금
내게는 제일 현실적인 이야기 같아 조금 더 살고 싶다고
스스로 시한부가 되길 애원하던 그 밤 이별의 아픔을 기
억해

아픔은 사랑을 근거해서 나는 아픔을 기억해

Untitled 3

그대가 왔을 때
삶의 남은 시간들이
하나둘 모두 모이기 시작했다
상상하지 못했던 나의 시간들이
마치 주인을 알아보듯이

Untitled 4

네가 문을 닫고 있는 시간이면
나는 대개 차(茶)를 우린다

어느 날 차(茶)를 우리는 시간에
네가 문을 열고 내게 오더니 물었다

어떻게 차(茶)를 우릴 생각을 했어

나도 물었다
어떻게 문을 열고 나올 생각을 했어

Untitled 5

젊음을 멍들게 했던 나만의 전장이 소멸해간다
깃발을 꽂은 건 너였다
막아내기도 버겁던 세계에
네가 왔다
나는 막았고 너는 나아갔다
삶의 끝이라고 생각했던 세상이 항복한다
네가 나의 손을 잡고 승리를 외친다
내 모든 두려움이 사라지는 날이었다

Untitled 6

간판 같은 위로들을 지나
도착한

어두운 도시 끝
유일하게 불 켜진 우리 집

나의 등대여

그리고
등대 뒤로 떠 있는
별

이 광 호 (李 光 浩)
1989. 12. 24 ~

-
5권의 시집과 3권의 산문집
그리고 1권의 우화집을 썼습니다.

사랑의 솜씨

ⓒ 이광호 2021

초판 발행	2021년 8월 27일
2쇄 발행	2021년 8월 31일

지은이	이광호
발행인	이광호
편집	이광호
디자인	이광호

펴낸곳	별빛들(Byeolbitdeul)
출판등록	2016년 8월 10일 제 2016-000022호
전자우편	lgh120@naver.com
홈페이지	www.byeolbitdeul.com

ISBN 979-11-89885-88-5